# LA CALAVERA DE CRISTAL

# LA CALAVERA DE CRISTAL

TEXTO: JUAN VILLORO
ILUSTRACIONES: BEF

BASADO EN EL GUIÓN DE
NICOLÁS ECHEVARRÍA Y JUAN VILLORO

ESTE LIBRO SE PUBLICÓ CON EL APOYO DE LA
DIRECCIÓN GENERAL DE PUBLICACIONES DEL CONACULTA

SAN MIGUEL # 36
COLONIA BARRIO SAN LUCAS
COYOACÁN, 04030
MÉXICO D.F., MÉXICO

SEXTO PISO ESPAÑA, S.L.
C/ MONTE ESQUINZA 14, 4.° DCHA.
28010, MADRID, ESPAÑA

WWW.SEXTOPISO.COM

COLOR:
MAURO TORRES

LA FUENTE TIPOGRAFICA FRAGAFONT FUE DISEÑADA POR FRAGA.

LA PORTADA FUE TRAZADA POR BEF, ENTINTADA POR RICARDO GARCÍA
FUENTES MICRO Y COLOREADA POR PATRICIO BETTEO.

DISEÑO:
QUINTA DEL AGUA EDICIONES, S.A. DE C.V.

ISBN: 978-607-7781-18-9 (SEXTO PISO)
ISBN: 978-607-4557-13-8 (CONACULTA)

IMPRESO EN CHINA / PRINTED IN CHINA

HACE DIEZ AÑOS MURIÓ EL CAPITÁN RODRÍGUEZ PLATA...

FUE UN ASTRO DE LA AVIACIÓN. DOMINABA LOS CICLONES Y PODÍA ATERRIZAR SOBRE LA ARENA.
AYUDÓ A DESCUBRIR MISTERIOSAS PIRÁMIDES OCULTAS EN LA SELVA...

NUNCA SE ARRIESGÓ EN VANO.
TENÍA MIRADA DE ÁGUILA Y NERVIOS DE ACERO.

MURIÓ EN EL CUMPLIMIENTO DE SU DEBER.
FUE UNA DESGRACIA TERRIBLE, PERO SU RECUERDO SIGUE ENTRE NOSOTROS.

LO QUISE COMO A UN HERMANO MENOR.
¡SNIF!

CLAP... CLAP... CLAP...
CLAP
CLAP
CLAP
CLAP
CLAP
CLAP

PEDIMOS QUE LA FAMILIA SE ACERQUE.

ASÍ ERA NUESTRO AMIGO, HACE DIEZ AÑOS.
CLAP
CLAP
CLAP

CLAP
CLAP
CLAP

NO TENGO IDEA DE QUIÉN FUE MI PADRE.
NO LO RECUERDO.
YO TENÍA CUATRO AÑOS CUANDO MURIÓ.

MAMÁ, ¿POR QUÉ NUNCA NOS HABLAS DE PAPÁ?

FUE UN GRAN HOMBRE.
ES TODO LO QUE HAY QUE SABER.
ES UN EXTRAÑO PARA MÍ.

TODO MUNDO ES EXTRAÑO PARA TI, GUS.

¡MI PADRE NO ES TODO MUNDO!
FUE VALIENTE Y DESCUBRIÓ PIRÁMIDES DESDE SU AVIÓN.

TU PAPÁ FUE UN HÉROE.
¿NO TE BASTA SABER ESO?

NO HAY QUE REMOVER EL PASADO.
VIVIMOS EN EL PRESENTE.

Y POR CIERTO, HOY VAMOS A VER A LA ABUELA.

SEÑORA PLATA, ESTUVIMOS EN EL HOMENAJE A SU HIJO.
EL CAPITÁN GÁRATE LLORÓ AL HABLAR DE ÉL.

YO CREO QUE LA ABUELA NO ENTIENDE NADA.
BUENO, TODOS LLORAMOS. EL PERIÓDICO HABLA MARAVILLAS DE JULIO.

¡JULITO!

CREE QUE SOY SU HIJO.
TE VEO MUY FLACO, ¿QUIERES QUE TE HAGA UN SÁNDWICH CON TRIPLE TOCINO?

YA ES HORA DE QUE TE LLEVES LAS COSAS QUE ME DISTE A GUARDAR.
?

ANTES DE SALIR DE VACACIONES LES RECUERDO: LOS MAYAS INVENTARON EL CERO.
PERO EN UN EXAMEN SACAR CERO NO ES SER MAYA, SINO TARADO.

RING

NADIE ME QUIERE DECIR CÓMO MURIÓ MI PAPÁ.
SE ESTRELLÓ SU AVIÓN, ¿NO?

SÍ, PERO NO SÉ CÓMO NI POR QUÉ.

TIENES QUE AVERIGUARLO, LA HISTORIA DE TU PAPÁ ES TU HISTORIA.
MAMÁ SÓLO DICE QUE FUE UN HÉROE.

¿POR QUÉ NO BUSCAS AL CAPITÁN QUE HABLÓ DE ÉL?

¿GÁRATE? ¡CLARO!
CON RAZÓN TE DICEN MÁQUINA.

DIJO QUE ERAN COMO HERMANOS.

VENUS DE VENEGAS, DUEÑO DE PANADERÍAS, FÁBRICAS DE ACERO Y DEL MONOPOLIO DEL CACAHUATE. SU PASIÓN ES COLECCIONAR OBRAS DE ARTE...

...Y CORTARSE LA BARBA CON GRAN CUIDADO. ES UN AUTÉNTICO PERFECCIONISTA DE LOS PELOS.

Y MUY EXIGENTE CON LA COMIDA.
DON VENUS.

SU CAFÉ CON CANELA Y SU PAN DE SIETE GRANOS.

¿QUÉ?

Homenaje póstumo a piloto aviador.
Gobierno Constitucional, y adiciona-
do más tarde con la convocatoria a un
PÁSAME MI CELULAR.

LA FAMILIA DE RODRÍGUEZ PLATA PUEDE SABER ALGO DE NUESTRO ASUNTO.

SU VIUDA SE LLAMA SOFÍA.
ES GUAPA, AUNQUE NO TANTO COMO TÚ, QUERIDA CIRCE.

TENEMOS QUE AVERIGUAR SI LA FAMILIA BUSCA LO MISMO QUE YO.

LA NOTICIA DEL PILOTO ME HA ABIERTO EL APETITO.

EL HOMBRE CON CABEZA DE BOLA VA A DONDE GUARDA LOS DULCES.
QUÉ BIEN, PORQUE ESTOY HARTO DE LAS CROQUETAS.

TIZOC, AQUÍ NO HAY HUESOS PARA TI.
NO QUIERO HUESOS, QUIERO GOLOSINAS.

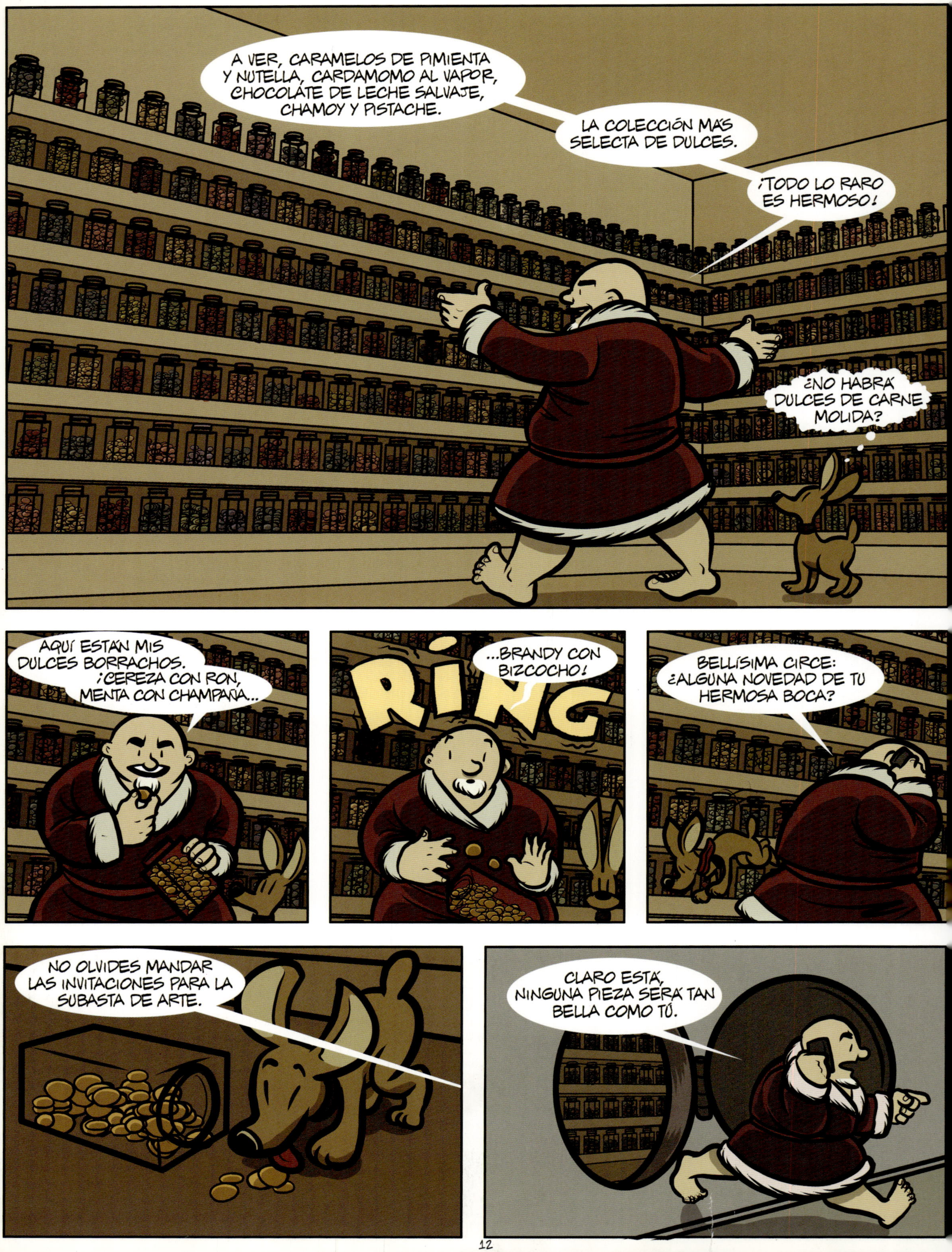

A VER, CARAMELOS DE PIMIENTA Y NUTELLA, CARDAMOMO AL VAPOR, CHOCOLATE DE LECHE SALVAJE, CHAMOY Y PISTACHE.
LA COLECCIÓN MÁS SELECTA DE DULCES.
¡TODO LO RARO ES HERMOSO!
¿NO HABRÁ DULCES DE CARNE MOLIDA?

AH, MI PUROTECA.
LOS HUMIDIFICADORES MANTIENEN MIS HABANOS A LA TEMPERATURA Y HUMEDAD DE CUBA A LAS CINCO DE LA MAÑANA.

MI COLECCIÓN DE TABACOS LO MERECE.

¡HIC!
¿EH?

TENGO QUE ENVIARLE SUS COSAS A JULITO.

ME DEJÓ ESTE ARMARIO LLENO DE TRIQUES. SE LO QUISE DAR A SOFÍA...

PERO ESTABA TAN TRISTE QUE NO ME HIZO CASO.

NECESITO ESPACIO PARA MIS ESTAMBRES.

¡ADIÓS, ARMARIO!

MUDANZA
¿AQUÍ VIVE EL CAPITÁN RODRÍGUEZ PLATA?

ÉSTA ES SU CASA.

¡TRÁIGANSE EL MASTODONTE, MUCHACHOS!

LA SEÑORA PLATA LE MANDA ESTO.
¿A MÍ?
HAY QUE TOMAR CALDO DE TITÁN PARA CARGAR ESTO.

¡ODIO ESTE TRABAJO!
¿QUÉ DIABLOS HACEN? DETÉNGANSE.

ÉSTA ES MI CASA, NO QUIERO TRIQUES.

¡ME LO MANDA LA ABUELA!

¡DECÍDANSE!
¡SON MIS COSAS!

¡METAN EL MUEBLE!
NO CABE POR LA PUERTA
¡ALTO AHÍ!

¡ESTAMOS HARTOS! ¡ME DUELEN LAS MANOS, LOS PIES Y LAS MUELAS!

BROM

NECESITAMOS UN SERRUCHO VELOZ.
¡VOY POR UN CARPINTERO!

AY, NO.

¡NO HAY LUGAR PARA ESTO, GUS!
PÓNGANLO EN EL CUARTO DEL FONDO.

¡¡ME DISTRAJISTE, MAMÁ!!

¿QUÉ ES ESTO?

UN RELOJ, UNA BITÁCORA, UN... ¿CÓDICE?

¡SON RUTAS DE VUELO!

¡BROM!

TU PAPÁ ANOTÓ SUS VIAJES.
HABLA DE UNA EXPEDICIÓN A LA SELVA.

DEJÓ ESTO EN CASA DE TU ABUELA, POR SI LE PASABA ALGO.

PERO ELLA SE OLVIDÓ DE TODO, QUEDÓ MUY AFECTADA POR SU MUERTE.

TIENES QUE BUSCAR AL CAPITÁN GÁRATE.

A VER: ASOCIACIÓN DE PILOTOS, TELÉFONOS DE PILOTOS RETIRADOS...

HOLA, GUS. ¿NO TUVISTE PROBLEMA PARA ENCONTRAR LA CASA?

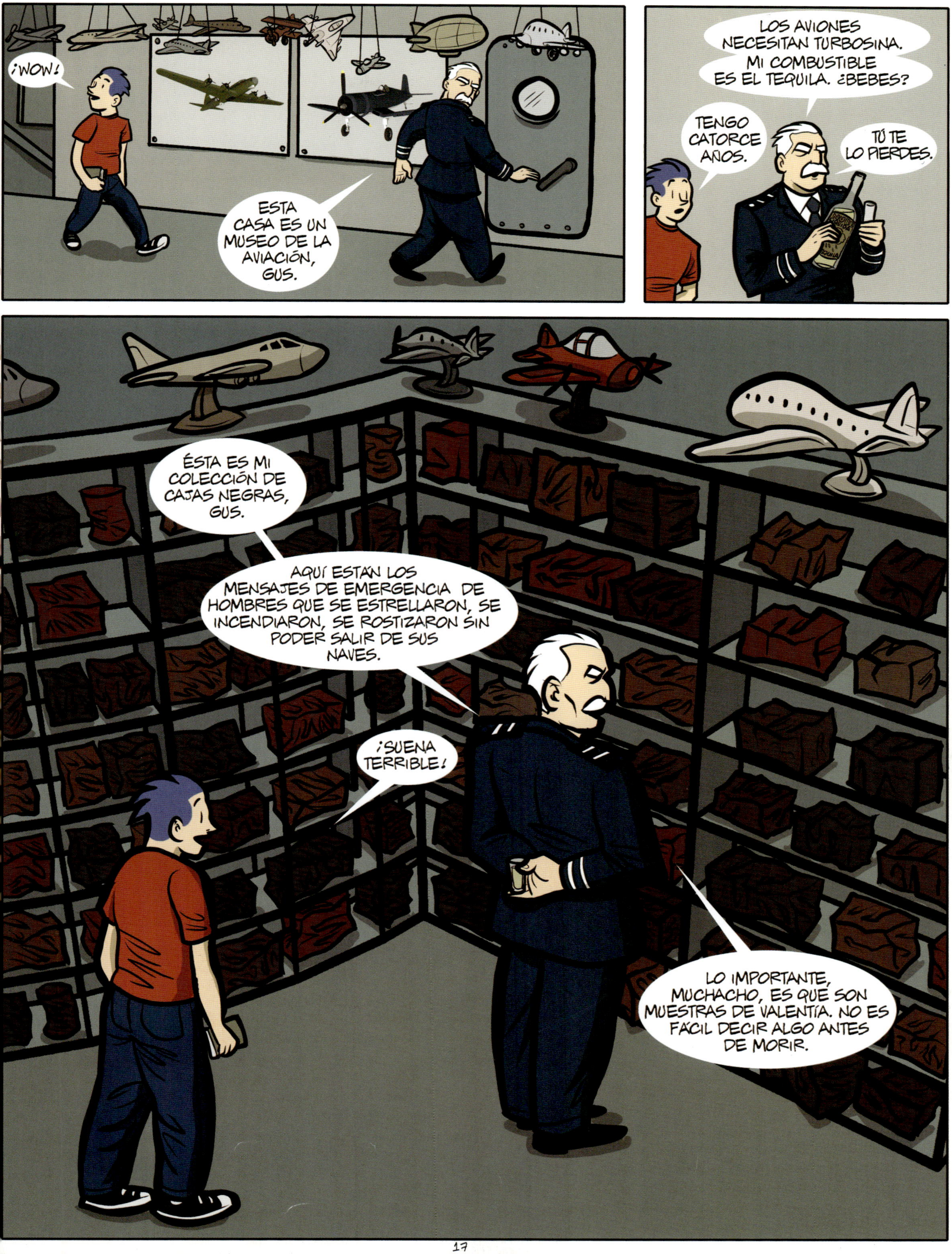

ÉSTA ES MI COLECCIÓN DE CAJAS NEGRAS, GUS.

AQUÍ ESTÁN LOS MENSAJES DE EMERGENCIA DE HOMBRES QUE SE ESTRELLARON, SE INCENDIARON, SE ROSTIZARON SIN PODER SALIR DE SUS NAVES.

¡SUENA TERRIBLE!

LO IMPORTANTE, MUCHACHO, ES QUE SON MUESTRAS DE VALENTÍA. NO ES FÁCIL DECIR ALGO ANTES DE MORIR.

LAS CAJAS NEGRAS EN REALIDAD SON COLOR NARANJA.
ASÍ SE LOCALIZAN CON MÁS FACILIDAD DESPUÉS DE UN ACCIDENTE.
SE LES LLAMA NEGRAS PORQUE CONTIENEN SECRETOS.

EL NEGRO ES EL COLOR DEL MISTERIO.

EL TEQUILA NUBE LÍQUIDA ES IDEAL PARA LOS PILOTOS QUE DESEAN CAMBIAR DE CLIMA.

LAS CAJAS NEGRAS REGISTRAN LO QUE UN PILOTO DICE EN SUS ÚLTIMOS 30 MINUTOS DE VUELO.
ADEMÁS, INFORMAN DE LOS CAMBIOS DE VELOCIDAD Y LAS VARIANTES DE PRESIÓN.

«¡MAMACITA, EL SUELO ESTÁ MUY CERCA DE MI CARA!».
¡CLICK!

«¡DEJO MI COLECCIÓN DE YO-YOS A LA HUMANIDAD!».
¡CLICK!

«¡MUERO POR LA PATRIA, POR MIS IDEALES Y POR LA DULCE LUPITA!».
¡CLICK!

«¡SÓLO VEO HUMO, TEMPESTAD Y VIENTO RABIOSO!».
¡CLICK!

«¡MI AVIÓN SE DESPLOMA, PERO NO MI ALMA!».
¡CLICK!
«¡VIVA MONTERREY!».
¡CLICK!

SON LAS ÚLTIMAS PALABRAS DE VALIENTES EN APUROS.

ÉSTA ES LA DE TU PADRE.

CREO QUE YA TIENES EDAD PARA ESCUCHARLA.

PERO DEBO ADVERTIRTE...

PUEDE SER TERRIBLE OÍR LO QUE TE DICE UN MUERTO.

«¡CARO A TORRE DE CONTROL...».
¡¿PAPÁ?!

«EL MOTOR IZQUIERDO FALLA...».

«NO ES POSIBLE NIVELAR LA NAVE».

«LA FALLA DEL MOTOR CONTINÚA...».

«...NO QUEDA NADA POR HACER».
«CAMBIO Y FUERA, CAPITÁN».

«CAMBIO Y FUERA», ASÍ NOS DESPEDÍAMOS.
LO SIENTO, MUCHACHO.
SÉ QUE ES DURO.

¡UN MOMENTO! ¿QUÉ ES ESTO?

LA BITÁCORA DE LA QUE LE HABLÉ POR TELÉFONO.
LA QUE APARECIÓ EN EL ARMARIO.

SON LAS COORDENADAS DE SU ÚLTIMO VIAJE A YAXCHILÁN, EN LA SELVA MAYA.
TAMBIÉN APARECIÓ ESTO.

PARECE UN CÓDICE.
CON ESTO NO PUEDO AYUDARTE.

TU PADRE ANOTÓ LOS DATOS DE VUELO ANTES DE PARTIR Y SE LOS DEJÓ A TU ABUELA
COMO SI SOSPECHARA QUE NO IBA A REGRESAR.
¿OTRO TEQUILA?
NO BEBO, CAPITÁN.

LA SOLUCIÓN PUEDE ESTAR EN LA BITÁCORA.

DÉJAMELA, PARA DISCUTIRLA CON MI TEQUILA.

«EL MOTOR IZQUIERDO FALLA».
WHAAAM!
«NO ES POSIBLE NIVELAR LA NAVE».

«¡NO HAY SOBREVIVIENTES!».
ÍCARO

¡UF!

¡QUÉ PESADILLA!

PAPÁ...

¿QUÉ PASÓ CONTIGO?
RODRÍGUEZ PLATA

BELLÍSIMA CIRCE, TE TENGO UN REGALO.
LA SEMANA PASADA HICISTE TRIZAS UN JARRÓN CHINO DE LA DINASTÍA PIKÍN.

NO HAY OBRA DE ARTE TAN BELLA COMO TÚ Y TUS PESTAÑAS.
OH, VENUS.

PERO VERÁS LO QUE GUARDO EN MI BÓVEDA DE LOS PLACERES.

¡VENUS: ERES UN GENIO!

UN PINTORETTO DEL SIGLO XVI.
VALE 200 MILLONES DE CACAHUATES.

ES PARA TI, PRECIOSA.

¡DESTRUIR ME PONE DE BUENAS!

ME ENCANTA ANIQUILAR LO BELLO, LO SUBLIME Y LO DIVINO.
Y ESO NO ES TODO.
¿HAY MÁS?

¡UN TAZÓN DEL IMPERIO AZTECA!

¡MUERA LA BELLEZA!
NADA DEBE COMPETIR CONTIGO.
TU NARIZ RESPINGADA NO TIENE COMPARACIÓN.

CUENTAS CON PIEZAS PARA DESTRUIR. A MÍ YA SÓLO ME INTERESA UNA.
SABES CUÁL ES.

ES POSIBLE QUE LA FAMILIA DEL PILOTO SEPA DÓNDE ESTÁ.
Homenaje póstumo a piloto aviador.

O ES POSIBLE QUE ELLOS BUSQUEN LA PIEZA 64.

SI ESO SUCEDE, NOS PUEDEN AYUDAR A ENCONTRARLA.
¡ME DA RABIA NO TENERLA!

PUEDES POSEER UN MILLÓN DE TESOROS PERO SI NO TIENES EL MÁS DESEADO ES COMO SI NO TUVIERAS NINGUNO.

ME TIENES A MÍ.
TÚ NO ERES COLECCIONABLE:

TÚ ERES ÚNICA.

TENDRÁS LA PIEZA. ES TAN HERMOSA COMO TU COCO FINO. TU CABEZA ES COMO UNA NALGA DE BEBÉ, UNA ESFERA DE PELLEJITO.

LA PIEZA FALTANTE ES LA FIEBRE DEL COLECCIONISTA. ¡TENERLA SERÁ MI VACUNA!

NECESITAMOS LA AYUDA DE ROBERTO BOB BOBY.
¡ES UN ESPLÉNDIDO SECUAZ!

TAL VEZ EL TÍO FELIPE SEPA ALGO DE ESTE CÓDICE.
ES AFICIONADO A TODAS LAS CIENCIAS.

Y HA VIAJADO MUCHO.

ODIA A LOS NIÑOS TANTO COMO ODIA BAÑARSE.
¡YA NO SOY UN NIÑO!

Y ODIAS BAÑARTE: PUEDEN HACER UN CLUB DE MARRANOS.
¡EY!

ESTÁ BIEN, PUEDES IR CON TU TÍO FELIPE.

PERO LUEGO NO DIGAS QUE NO TE PREVINE.

¿TU TÍO TRABAJA CON INSECTOS?
TIENE UNA COMPAÑÍA FUMIGADORA: "LA ARAÑA DURMIENTE". SABE MUCHO DE ANIMALES.

NO PUEDES COMBATIR A TU ENEMIGO SI NO LO CONOCES.

HA ESTUDIADO HORMIGAS, ORUGAS Y TARÁNTULAS. DESCUBRIÓ UN MOSCO QUE LLEVA SU NOMBRE.
¿TU MAMÁ NUNCA LO VE?

ES SU HERMANO, PERO LE PARECE MUY RARO.

¡LOS HERMANOS SON RAROS!
LA MÍA SE PONE PEPINOS PARA NO ARRUGARSE.

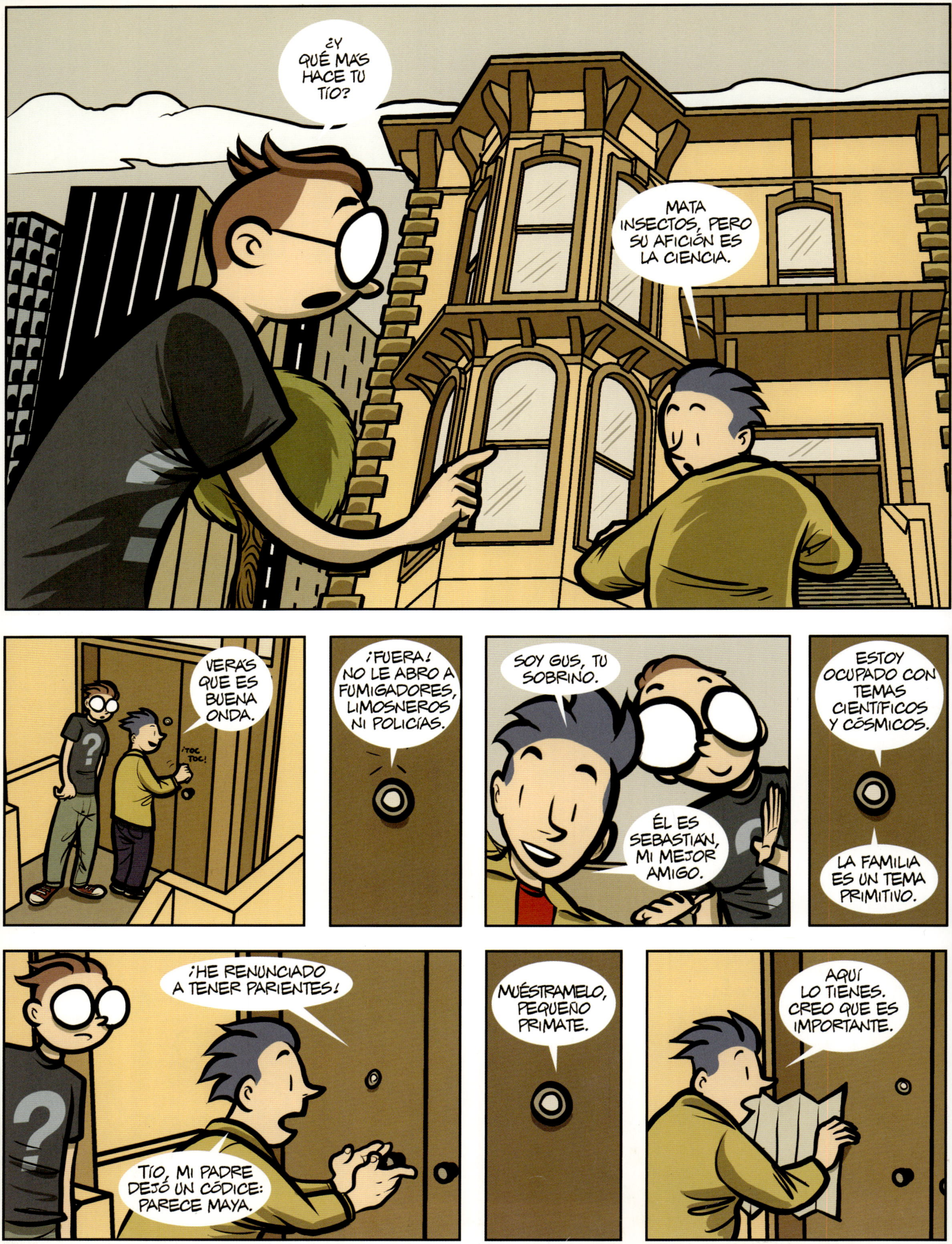

¿Y QUÉ MÁS HACE TU TÍO?
MATA INSECTOS, PERO SU AFICIÓN ES LA CIENCIA.

VERÁS QUE ES BUENA ONDA.
¡TOC TOC!

¡FUERA! NO LE ABRO A FUMIGADORES, LIMOSNEROS NI POLICÍAS.

SOY GUS, TU SOBRINO.
ÉL ES SEBASTIÁN, MI MEJOR AMIGO.

ESTOY OCUPADO CON TEMAS CIENTÍFICOS Y CÓSMICOS.
LA FAMILIA ES UN TEMA PRIMITIVO.

¡HE RENUNCIADO A TENER PARIENTES!
TÍO, MI PADRE DEJÓ UN CÓDICE: PARECE MAYA.

MUÉSTRAMELO, PEQUEÑO PRIMATE.

AQUÍ LO TIENES. CREO QUE ES IMPORTANTE.

TRAE ACÁ.

ERES UN MAMÍFERO MÁS LISTO DE LO QUE PENSABA.

¡BERNABÉ! MIRA ESTO.

EJEM, ¿PODEMOS PASAR?
DIGO...

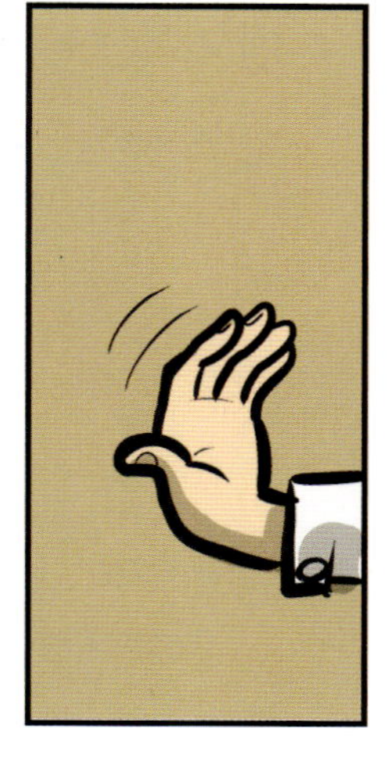

BUENA ONDA, TU TÍO.

¡WOW!
LES PRESENTO AL GORDO BERNABÉ, MI FIEL AYUDANTE MULTIUSOS.

MI PAPÁ DEJÓ ESTE CÓDICE EN EL COMPARTIMENTO SECRETO DE UN ARMARIO.

NO TOQUES ESO, ESTÁS ENFRENTE DEL MOSCO QUE LLEVA MI NOMBRE: «FELIPUS SÓNICO».

¿QUÉ SON ESTOS DIBUJOS, PROFESOR?
VERÁN...

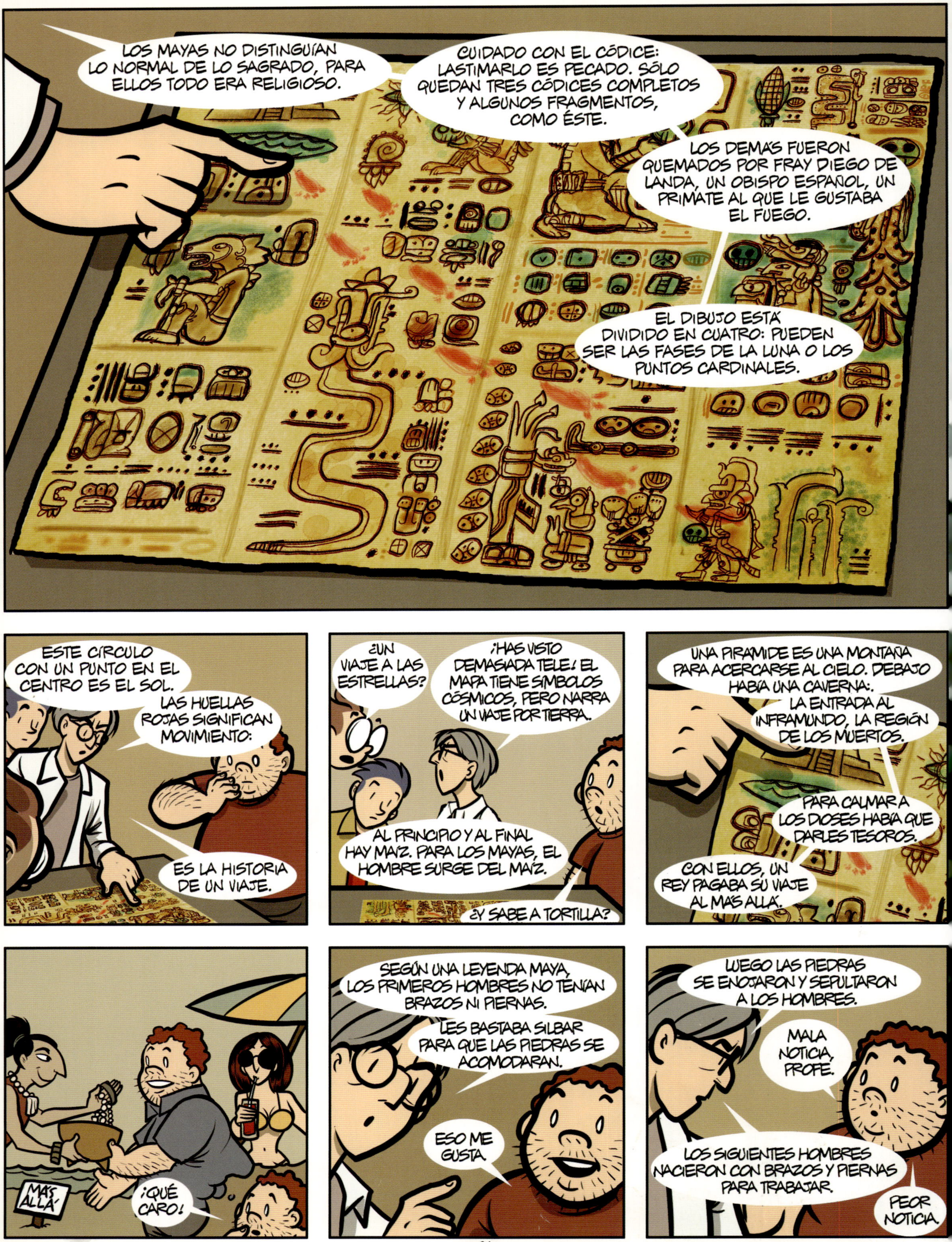

LOS MAYAS NO DISTINGUÍAN LO NORMAL DE LO SAGRADO, PARA ELLOS TODO ERA RELIGIOSO.
CUIDADO CON EL CÓDICE: LASTIMARLO ES PECADO. SÓLO QUEDAN TRES CÓDICES COMPLETOS Y ALGUNOS FRAGMENTOS, COMO ÉSTE.
LOS DEMÁS FUERON QUEMADOS POR FRAY DIEGO DE LANDA, UN OBISPO ESPAÑOL, UN PRIMATE AL QUE LE GUSTABA EL FUEGO.
EL DIBUJO ESTÁ DIVIDIDO EN CUATRO: PUEDEN SER LAS FASES DE LA LUNA O LOS PUNTOS CARDINALES.

LOS MAYAS CREÍAN EN LA EVOLUCIÓN, PERO DE MANERA MÁGICA.
PARA ELLOS, EL HOMBRE SE PERFECCIONABA CON MILAGROS.
HOY SABEMOS QUE EL HOMBRE VIENE DEL MONO.
ESO NO ME GUSTA NADA.

¿QUIEREN QUE HAGAMOS LA RADIOGRAFÍA DE UN PRIMATE EVOLUCIONADO?
UPS, YO NO.

¡ANÍMATE! CONOCEREMOS TU FASCINANTE MUNDO INTERIOR.
GRACIAS, PROF.

DESAYUNASTE UNA TORTA DE TAMAL, BERNABÉ.

UN CÓDICE ES UNA RADIOGRAFÍA DEL PASADO.
SI LO DESCIFRAMOS, PODEMOS CONOCER A LOS MAYAS COMO AL GORDO BERNABÉ.
POR CIERTO QUE PARA LOS MAYAS, LOS GORDOS ERAN SAGRADOS...
¡ME GUSTARÍA SER MAYA!

...LOS SACRIFICABAN PARA DARLE DE COMER A SUS DIOSES.
¡¡UPS!!

¿ERES RELIGIOSO TÍO?
EN MI JUVENTUD FUI HIPPIE. SENTÍ UN GRAN AMOR A LA NATURALEZA. LUEGO ME VOLVÍ HOMBRE DE CIENCIA.

ADMIRO LA ASTRONOMÍA DE LOS MAYAS PERO NO ME GUSTA QUE MEZCLEN LA CIENCIA CON LA RELIGIÓN. ¡ODIO LAS IGLESIAS!

¿ES USTED COMECURAS?
NO: YO CUIDO MI DIETA.

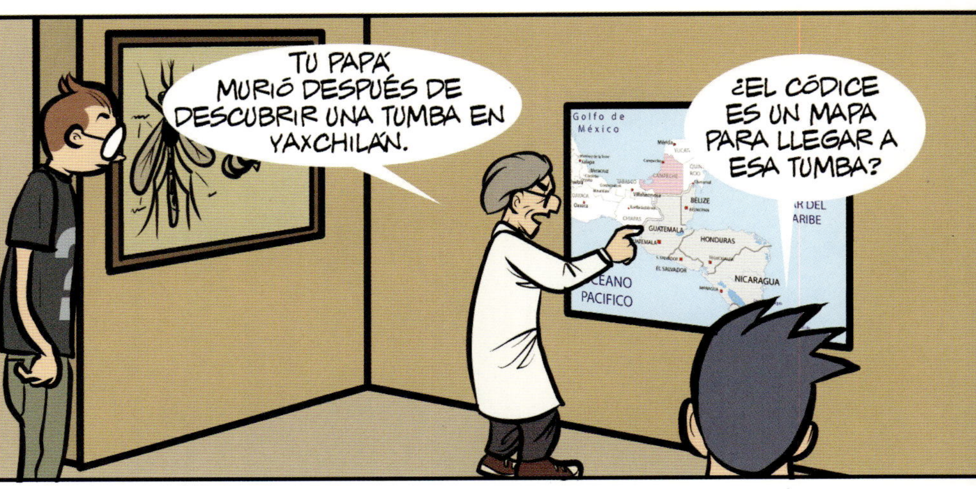
TU PAPÁ MURIÓ DESPUÉS DE DESCUBRIR UNA TUMBA EN YAXCHILÁN.
¿EL CÓDICE ES UN MAPA PARA LLEGAR A ESA TUMBA?
Golfo de México
BELIZE
GUATEMALA
HONDURAS
NICARAGUA

NO LO SÉ. POR LO PRONTO, NOS AYUDA A ACERCARNOS A TU PAPÁ.

LA CIENCIA RESUELVE MISTERIOS: SI ESTUDIAS LA HISTORIA DE TU PAÍS, PUEDES ENTENDER LA HISTORIA DE TU PADRE.

TÍO, ¿POR QUÉ NUNCA VES A MI MAMÁ? ¡ES TU HERMANA!
SOMOS MUY DISTINTOS.

ODIO A LOS NIÑOS: SON COMO MANDRILES DE NALGAS ROSADAS. LOS BEBÉS BABEAN Y NO DEJAN PENSAR.

ESTUVE TENTADO A FUMIGAR BEBÉS, PERO ME HUBIERAN METIDO EN LA CÁRCEL.

SIN NIÑOS NO PUEDE HABER EVOLUCIÓN: TODA ESPECIE NECESITA CACHORROS.

ES CIERTO. SE NOTA QUE DE GRANDE SERÁS CIENTÍFICO.
LOS NIÑOS ME DESESPERAN, TAL VEZ PORQUE ME PAREZCO A ELLOS.
¡NO ME CONDENEN!

¡NO SOY MALA BESTIA! SOY UN ANIMAL CIENTÍFICO QUE NECESITA SOLEDAD PARA SUS EXPERIMENTOS.
NO TE PREOCUPES, TÍO.

LOS NIÑOS JUEGAN, YO INVESTIGO. ¡LA CIENCIA ES MI JUGUETE! ¿ME COMPRENDEN?
SÍ, SEÑOR.

¡PIDO PERDÓN SI ALGUNA VEZ OFENDÍ A UNA CRÍA DE LA HUMANIDAD!
DESCONFIABA DE USTEDES PORQUE HACE MUCHO QUE NO ME RELACIONO CON PRIMATES.

¿ME AYUDARÁS A CONOCER LA HISTORIA DE MI PAPÁ?
SÍ, ERA UN ANTROPOIDE DE LA FAMILIA.

¡UN ANTROPOIDE QUE SABÍA VOLAR!
TIENES RAZÓN, CACHORRO CIENTÍFICO: FUE UN GRAN PILOTO.

«DEBEMOS RECONSTRUIR EL ACCIDENTE. VAMOS AL ARCHIVO GENERAL DE LA NACIÓN».

ESTO ANTES ERA UNA CÁRCEL.
SE NOTA, TÍO.

SON LOS PERIÓDICOS DE HACE DIEZ AÑOS.
GRACIAS, GENTIL HOMO SAPIENS.

LA EXPEDICIÓN A YAXCHILÁN FUE UN ÉXITO. DESCUBRIERON LA TUMBA DE UN REY MAYA.

GARRA DE JAGUAR.

ENCONTRARON JOYAS DE ORO Y JADE.

PERO AL EXPLORAR LA TUMBA...

RESPIRARON UN VENENO.

EL CINABRIO QUE EMANABA DE LA PINTURA ROJA QUE CUBRÍA LOS MUROS.

EL PRINCIPAL ARQUEÓLOGO, EL DR. BAEZ...

...MURIÓ EN EL ACTO.

TU PADRE TRASLADÓ SU ATAÚD.

SE HABLÓ DE LA MALDICIÓN DE LA TUMBA.

ALGUNOS MIEMBROS DE LA EXPEDICIÓN ENLOQUECIERON.

EL SEGUNDO ARQUEÓLOGO SE LLAMABA JERÓNIMO RODERO.

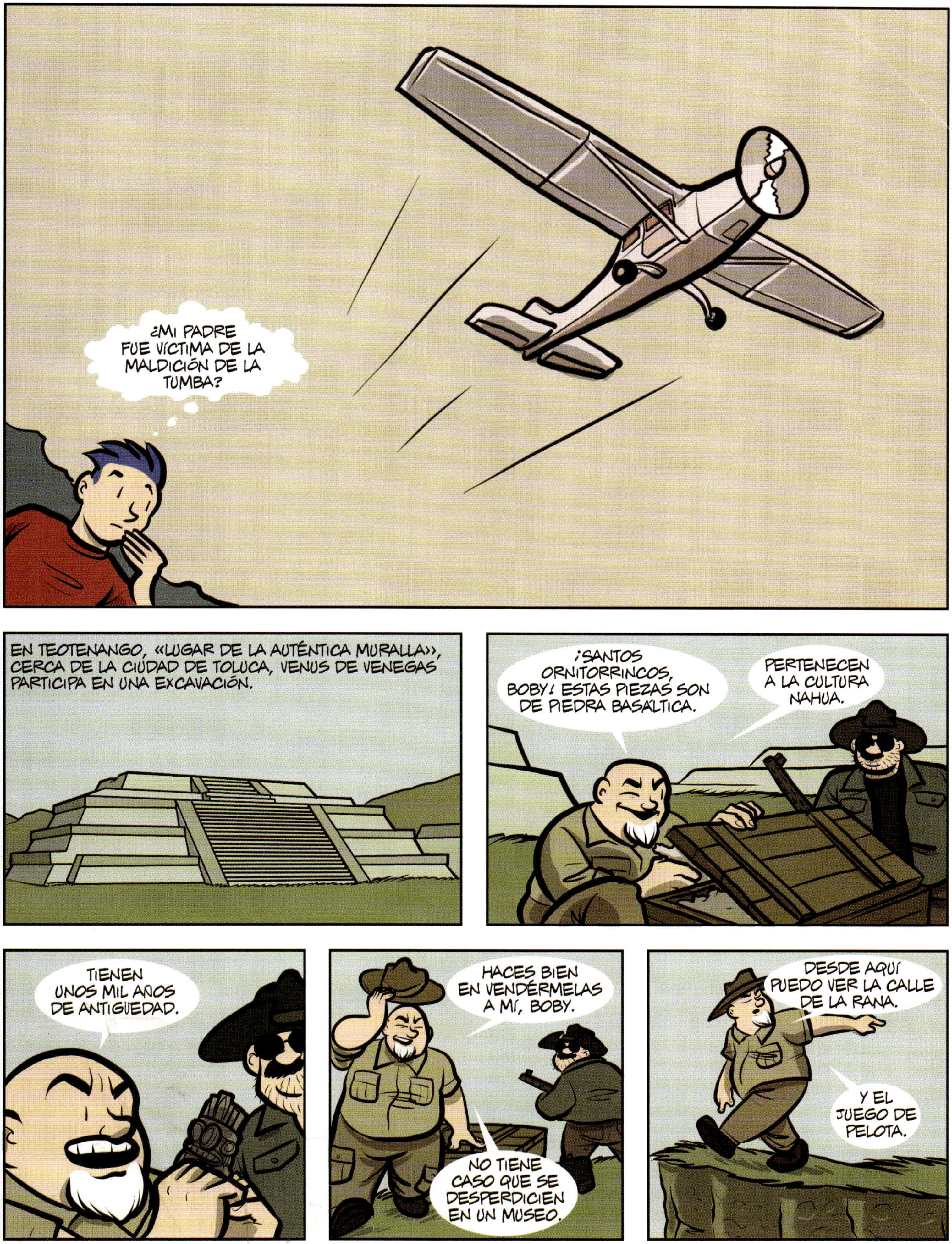

¿MI PADRE FUE VÍCTIMA DE LA MALDICIÓN DE LA TUMBA?

¡YÁIKS!

QUIERO PEGARME A LA TIERRA.

¿ESTÁ BIEN, PATRÓN?
GRACIAS POR AYUDARME, ROBERTO BOB BOBY.
A SUS ÓRDENES, DON VENUS. ¿QUIERE QUE LO EMPAQUE JUNTO CON SUS COSAS?

TENGO MIEDO A LAS ALTURAS. HACE AÑOS ME PASÓ ALGO TERRIBLE.

¿CREES QUE AQUÍ SEPAN ALGO DEL ARQUEÓLOGO RODERO?
EL MUSEO DE ANTROPOLOGÍA TIENE MÁS DE CUATRO MIL PIEZAS.
TAL VEZ RODERO LES ENVIÓ ALGUNAS.

DISCULPE, SEÑOR, BUSCAMOS A UN ARQUEÓLOGO DE NOMBRE JERÓNIMO RODERO, ¿SABE USTED DÓNDE...?
UY, JOVÉN.

YO NO LE PUEDO AYUDAR, PREGUNTE A MI COMPAÑERA.

LO SIENTO, CHICOS PERO SÓLO ME INTERESA LA ARQUEOLOGÍA DE MIS UÑAS.

¡NO OIGO NADA! ESTOY MÁS VIEJA QUE UN DIOS AZTECA.

MUNCH, MUNCH, MUNCH.

MEJOR REGRESEN EL AÑO QUINCE CONEJO.
POR FAVORCITO.

NADIE NOS AYUDA, TÍO.
¡LA BUROCRACIA ES UNA ESPECIE INCOMPRENSIBLE!
NO ENCONTRAREMOS A RODERO.

¿ALGUIEN MENCIONÓ AL REPTIL RODERO?

¡SÍ!

SOY XIPE-TOTEC MARTÍNEZ. ME DICEN ASÍ PORQUE ME PAREZCO...

...AL DIOS DE LA RENOVACIÓN: EL DIOS DESPELLEJADO. ¡SÍGANME AL INFRAMUNDO!

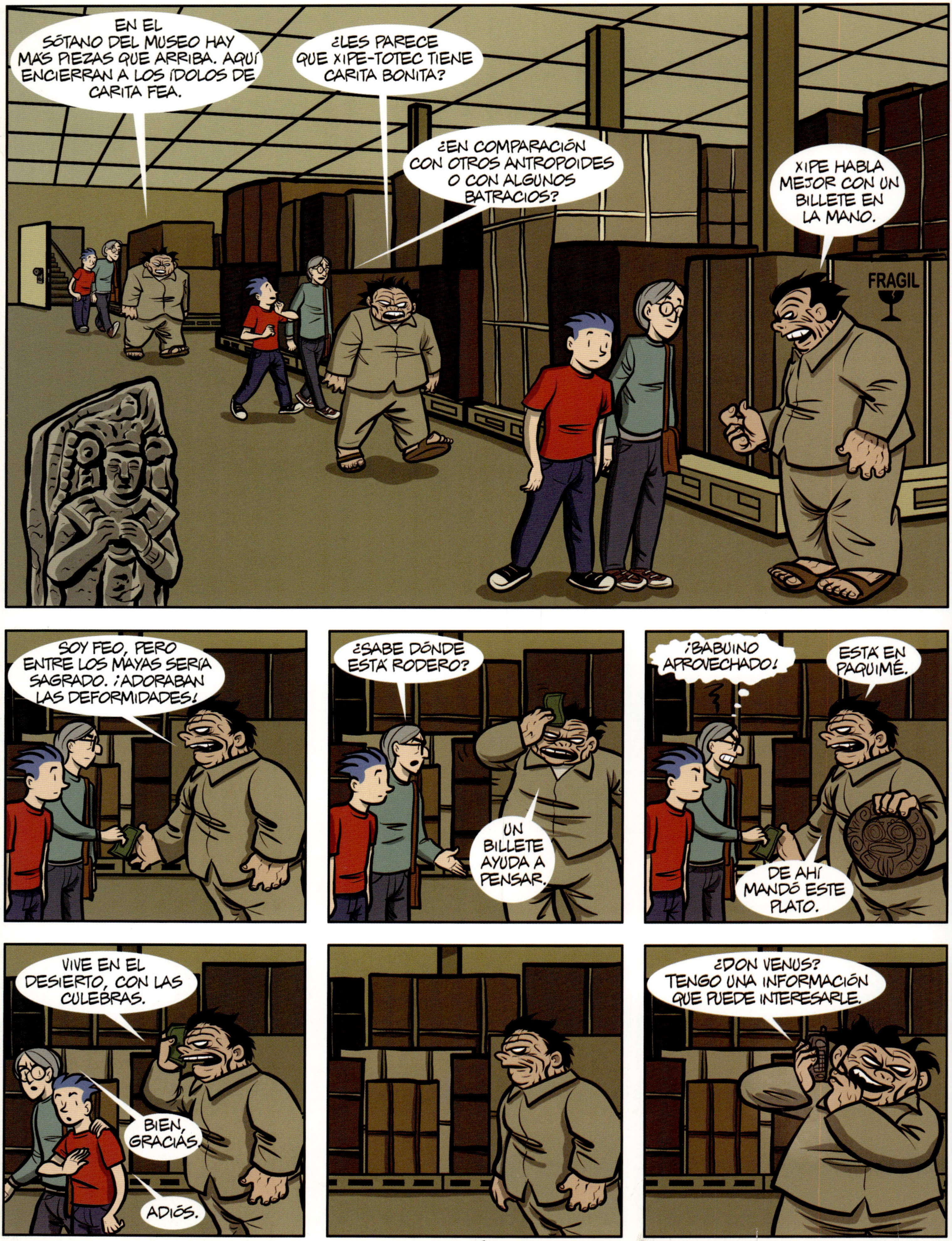

EN EL SÓTANO DEL MUSEO HAY MÁS PIEZAS QUE ARRIBA. AQUÍ ENCIERRAN A LOS ÍDOLOS DE CARITA FEA.
¿LES PARECE QUE XIPE-TOTEC TIENE CARITA BONITA?
¿EN COMPARACIÓN CON OTROS ANTROPOIDES O CON ALGUNOS BATRACIOS?
XIPE HABLA MEJOR CON UN BILLETE EN LA MANO.
FRAGIL

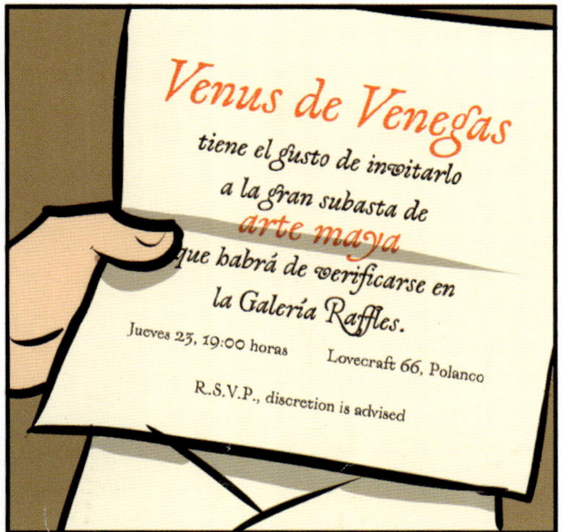
Venus de Venegas
tiene el gusto de invitarlo
a la gran subasta de
arte maya
que habrá de verificarse en
la Galería Raffles.
Jueves 23, 19:00 horas
Lovecraft 66, Polanco
R.S.V.P., discretion is advised

HACE AÑOS QUE NO USABA UN TRAJE.
GOOGLEÉ A VENUS DE VENEGAS. ES UN GRAN COLECCIONISTA DE ARTE.
PUEDE DARNOS UNA PISTA DE TU PAPÁ.

SOMOS INVITADOS DEL SEÑOR VENUS.

¿EL HIJO DEL PILOTO? NO PENSÉ QUE FUERAS TAN GRANDE.

TE VOY A PRESENTAR A LA GENTE MÁS SELECTA.

ESTOS COLECCIONISTAS SON TAN DIVINOS QUE ESPERAN QUE ALGUIEN LOS COLECCIONE.

ESTE TRAJE FUE USADO POR ELIZABETH TAYLOR CUANDO LE DIO EL BESO NÚMERO MIL AL ACTOR RICHARD BURTON.
LA ESCENA ROMÁNTICA SUCEDIÓ EN PUERTO VALLARTA.

GUS ESTÁ AQUÍ.

¡GRANDÍSIMOS AMIGOS!

QUIERO QUE CONOZCAN MIS TESOROS. FUI MUY AMIGO DE TU PADRE.

CIRCE LOS ATENDERÁ, ELLA ES LA PIEZA MÁS HERMOSA DE MI COLECCIÓN.

RECUERDEN QUE DESPUÉS HAY UNA FIESTA EN MI CASA.

¿UNA COPA DE VINO, GUS?
SOY MENOR DE EDAD.
PERO YO NO.

ESTA CAJA DE PUROS IBA A SER FUMADA POR EL PRESIDENTE KENNEDY.

CUESTA UN SIMPLE MILLÓN.

TU PAPÁ AYUDÓ A VENUS A LOCALIZAR VARIAS PIEZAS. ERA MUY VALIENTE.
PERO SOBRE TODO ERA GUA-PÍ-SI-MO.

HORA DE IRNOS.
¿TAN PRONTO?
¡EY!

VENGAN A LA FIESTA DE VENUS.

SE PONE MUY BIEN.

¡QUÉ BUENO QUE VINIERON!
NOS CONVENCIÓ ESTE MAGNÍFICO EJEMPLAR.
NO ME COSTÓ MUCHO TRABAJO.

PERMÍTANME LLEVARLOS A UN LUGAR MÁS ÍNTIMO: MI BÓVEDA DE CARAMELOS.
¿UN HABANO?
NO FUMO.
¿Y ESE PERRITO?
ES TIZOC.

¿UN DULCE DE VAINILLA Y PIMIENTA?
GRACIAS.
WOW, QUÉ LUGAR.
¡ES EL MOMENTO!

CONSEGUÍ A TIZOC GRACIAS A TU PAPÁ.
ME LLEVÓ A UNA EXHIBICIÓN DE PERROS AZTECAS.
¡EY!

LOS AZTECAS ENTERRABAN A SUS REYES CON SUS PERROS PARA QUE LOS GUIARAN AL INFRAMUNDO.

ME GUSTARÍA QUE TIZOC ME LLEVARA CON TU PADRE.

¿Y USTED A QUÉ SE DEDICA?
SOY FUMIGADOR.

LA PRÓXIMA SEMANA VOY A ZACATECAS A CURAR UN RETABLO INFESTADO DE TERMITAS. ME ACOMPAÑARÁ MI SOBRINO, QUE ESTÁ DE VACACIONES.

¡ZACATECAS! ESO ESTÁ RUMBO AL DESIERTO DONDE TRABAJA EL REPTIL RODERO.

NO SEAS TAN DESCONFIADO, MÁQUINA.

APUESTO A QUE NO EMPACASTE CHAMPÚ.
SI VUELVES CON PIOJOS, LE PEDIRÉ AL TÍO...

...QUE TE FUMIGUE.

¿HAY ALGUNA RAZÓN CIENTÍFICA PARA SOPORTAR A LAS HERMANAS?
LA TUYA ES GUAPA.

¿ROBERTO BOB BOBY?

NO LOS PIERDAS DE VISTA.

Z
La araña durmiente
Fumigaciones de interés.
Acabar con los bichos es nuestro capricho.

ZACATECAS 400

HUELE ESTE PEDACITO DE TELA.
HAZLO POR MAMÁ.

HOLA...

SOY VENUS...

...TU NUEVO MEJOR AMIGO.

VAMOS A ZACATECAS.

LES RECOMIENDO QUE VEAN A UN AMIGO MÍO.
ES SACERDOTE Y SE ESPECIALIZA EN PAPELES ANTIGUOS.
¡SNIF, SNIF!

LE DICEN MANO SANTA.

VENUS ES BUENÍSIMA ONDA.
HACE MUCHO QUE NO VEÍA A UN PRIMATE TAN GENEROSO.
CUBILSA

ESTO HUELE A GUS.

ESPERO QUE RECONOZCAS SU OLOR IGUAL QUE LAS SALCHICHAS QUE TANTO TE GUSTAN.

SU ALTAR NECESITABA MUCHA MEDICINA.
ESTA IGLESIA HA HECHO MILAGROS, PERO NO EL DE CURARSE A SÍ MISMA.

PARA ESO ESTÁ LA CIENCIA.

ZACATECAS ES UNA JOYA. NO SOY RELIGIOSO, PERO ESTAS IGLESIAS SON UNA OBRA DE ARTE.
¿CREES QUE MANO SANTA NOS PUEDA DECIR ALGO DEL CÓDICE?
DEBEMOS CONSULTARLO. VENUS LO RECOMENDÓ MUCHO.

¡LOS AMIGOS DE VENUS SON MIS AMIGOS!

ES NUESTRO BENEFACTOR. NOS MANDA DINERO PARA COMPRAR LIBROS.
ME DICEN MANO SANTA PORQUE SACRIFIQUÉ MIS DEDOS PARA LEER LIBROS SAGRADOS.

LOS PAPELES VIEJOS ME DEJARON HONGOS BAJO LA PIEL.
SE LOS PUEDO FUMIGAR.

¿ARROJARLE VENENO A LOS LIBROS DE DIOS? ¡JAMÁS!

QUÉ ALEGRÍA SALIR DEL MUSEO. ME HABÍA OLVIDADO DEL AIRE LIBRE. ¡QUÉ BIEN HUELE EL PAISAJE!
ME GUSTARÍA VIAJAR CON ALGUIEN MENOS FEO.

QUEREMOS SABER LO QUE DICE ESTE CÓDICE.

¿DE DÓNDE LO SACASTE?
LO HEREDÉ... ES DE MI FAMILIA...

¿NO SERÁ ROBADO?

¿MI PAPÁ ROBÓ EL CÓDICE?
¿PERSEGUÍAN SU AVIÓN CUANDO MURIÓ?

SU PAPÁ FUE UN HÉROE.
DEJÓ ESTE CÓDICE PARA QUE CONOCIÉRAMOS SU ÚLTIMO VIAJE.

¡QUÉ MARAVILLA, POR DIOS, SAN JERÓNIMO Y LOS ÁNGELES!

ES LA HISTORIA DE UN VIAJE.
ESO ES OBVIO, HIJO MÍO.
LO CURIOSO ES QUE FUE PINTADO EN DOS ÉPOCAS.
TIENE TRAZOS TOLTECAS Y MAYAS.

TAMBIÉN EN EL MUNDO ANTIGUO HABÍA COLECCIONISTAS.
AQUÍ SE CUENTA LA HISTORIA DE UN REGALO.
EL REY DE YAXCHILÁN RECIBIÓ UNA JOYA. LA DESCRIBEN COMO «EL BRILLO DE LOS HOMBRES».

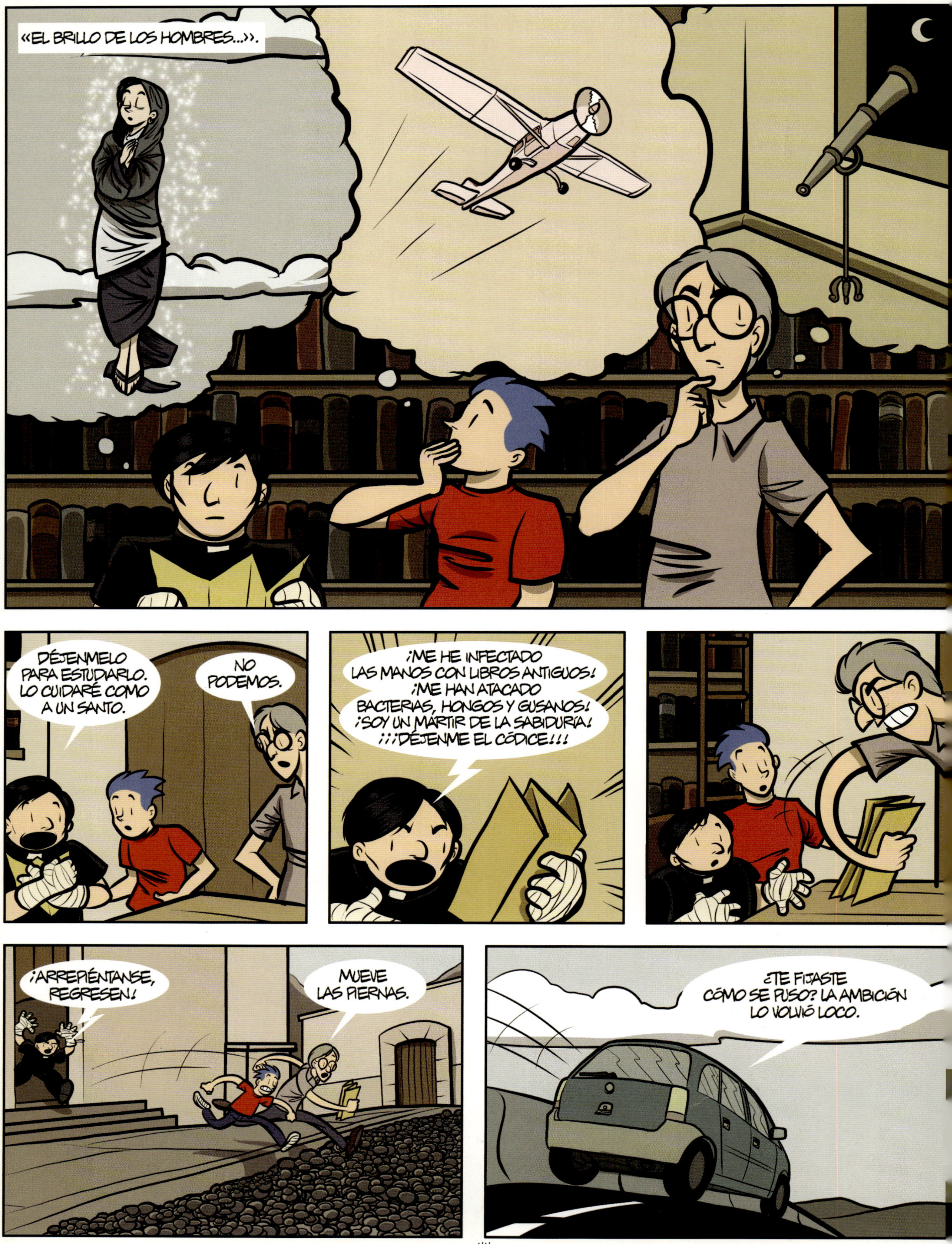

«EL BRILLO DE LOS HOMBRES...».

PERO NOS DIJO COSAS IMPORTANTES: SABEMOS QUE MI PAPÁ FUE A YAXCHILÁN POR EL REGALO DE UN REY MAYA:
«EL BRILLO DE LOS HOMBRES».

¿EL REPTIL RODERO SEGUIRÁ EN PAQUIMÉ?
YA VEREMOS.

ESTUVIERON AQUÍ.

POR CIERTO, DON VENUS MANDA ESTE DONATIVO.
¡ES UN APÓSTOL!

¡EY! ¡SON LAS HOSTIAS PARA LA MISA DEL DOMINGO!
PERDÓN, ES MUY ANTOJADIZO.

¿PARA QUÉ LO TRAEN?
PUEDE OLFATEAR A GUS.

¡UN LABERINTO EN LA ARENA! LOS MUROS ESTÁN HECHOS DE ADOBE. NO SE SABE QUIÉN LOS CONSTRUYÓ.
PAQUIMÉ FUE ABANDONADA EN 1340. LOS ESPAÑOLES LLEGARON AQUÍ MÁS DE 200 AÑOS DESPUÉS.

PAQUIMÉ QUIERE DECIR "CASAS GRANDES".

NO ME EXTRAÑA.

¡SNIF!
¡SNIF!

QUÉ LUGAR TAN SECO.
SÓLO DE VERLO DA SED.

LA SEÑORA DE LA TIENDA DIJO QUE EL REPTIL LEVANTABA MUCHO POLVO CON SU COCHE.

¿ES USTED EL ARQUEÓLOGO RODERO?
ME DICEN EL REPTIL.

¿PARA QUÉ SOY BUENO?

¿PODEMOS HABLAR CON USTED EN LA SOMBRA?

Y ASÍ SUPIMOS QUE EL OTRO ARQUEÓLOGO MURIÓ EN YAXCHILÁN.
ME GUSTARÍA AYUDARLOS.
CONOCÍ A TU PADRE Y LO QUISE MUCHO.
PERO ESO YA PERTENECE AL PASADO.
HACE MUCHO QUE VIVO EN EL DESIERTO. ME ALEJÉ DE LAS SELVAS Y DE LAS RUINAS FAMOSAS.

ESCARBO CON UNA CUCHARA EN BUSCA DE FÓSILES.

AQUÍ ME HE CURADO DE MIS RECUERDOS:
NO QUIERO VOLVER A ELLOS.

TOROS

SE EQUIVOCÓ DE PISTA:
POLLOS ROSTIZADOS "TOÑO, NABOR Y ALVARITO".

TE DIJE QUE ES DEMASIADO GOLOSO.
YA QUE ESTAMOS AQUÍ, PODEMOS COMPRAR POLLOS PARA EL CAMINO.

LE PERDIERON LA PISTA A GUS.
¡LA CULPA ES DE TZOC!
NO DEBÍ CONFIAR EN ESE RATÓN DISFRAZADO DE PERRO AZTECA.

TRAJE UNA PIEZA PARA CONSOLARTE.

UN DIOS NIÑO PINZINTLI...
FUE HECHO POR INDIOS QUE IMITABAN LA CULTURA CRISTIANA.
ES UN ÁNGEL QUE CAE EN PICADA.

¡SABES QUE NO SOPORTO LAS ALTURAS!
¡EL ÁNGEL QUE CAE ME DA VÉRTIGO!

¿ESTO TE HACE DAÑO QUERIDO?
MUCHO.
QUEDÉ TRAUMADO POR ESE AVIÓN, YA LO SABES.

¿QUIERES QUE LO DESTRUYA?
¡POR FAVOR!

GRACIAS, PRINCESA MÍA.
HACE DIEZ AÑOS QUE VOLASTE CON RODRÍGUEZ PLATA.

PENSÉ QUE LO HABÍAS SUPERADO.
HAY COSAS TAN TERRIBLES QUE NO SE PUEDEN SUPERAR

HAY COSAS TAN TERRIBLES QUE NO SE PUEDEN SUPERAR.
CAMBIÉ DE VIDA HACE DIEZ AÑOS. VIVO EN UNA CUEVA.
MI ÚNICA COMPAÑÍA SON LOS MURCIÉLAGOS Y LAS VÍBORAS.
CUANDO DESENTIERRO UNA VASIJA, LA MANDO AL MUSEO, PERO NO VEO A NADIE.
¿CONOCE A XIPE TOTEC?

ES AMIGO DE VENUS DE VENEGAS.
¡NO DIGAN ESE NOMBRE!

VINE AQUÍ A OLVIDARLO.

PERO NO HAY SUFICIENTE ARENA EN EL DESIERTO...

...PARA BORRAR LOS MALOS RECUERDOS.
¡VÁYANSE! NO VUELVAN.

¿CREES QUE PODAMOS CONVENCER AL REPTIL DE QUE NOS AYUDE?
PARECE MUY TRAUMADO.

TAN TRAUMADO QUE ODIA A VENUS, QUE ES BUENÍSIMA ONDA.

¿CUÁNTOS POLLOS NOS QUEDAN?
SÓLO CINCO.

¿POR QUÉ ALGUIEN QUIERE APODERARSE DE UNA OBRA DE ARTE?

ESTA PALABRA ME PUEDE AYUDAR: "CODICIA".

**Codicia:** Apetito desordenado de riquezas.

¡QUÉ BUENA DEFINICIÓN!

MÁQUINA NO DESCANSA: TIENE UNA IDEA DE LO QUE PASÓ EN YAXCHILÁN.
¿CUÁL ES?

LAS GANAS DE TENER ALGO VALIOSO ENLOQUECIERON A LA EXPEDICIÓN.
EL REPTIL SE VE MUY AFECTADO.

¿CREES QUE TAMBIÉN MI PAPÁ SE HAYA VUELTO LOCO?

QUIERO HABLAR CON USTED.
ODIO EL PASADO.
VIVO EN SOLEDAD.
NI SIQUIERA LOS COYOTES SE INTERESAN EN MÍ.

TRABAJO DE SOL A SOL PARA OLVIDARLO TODO.

SÓLO QUIERO QUE ME DIGA UNA COSA:
¿MI PADRE ERA UN LADRÓN?
¿SE QUEDÓ CON UNA PIEZA VALIOSA?
¡NO! ¿CÓMO PUEDES DECIR ESO?

MURIÓ EN FORMA MISTERIOSA, DESPUÉS DE DESCUBRIR UN TESORO.

LAS JOYAS PUEDEN ENLOQUECER A LOS HOMBRES.
ES CIERTO.
HE SENTIDO LA TENTACIÓN DE LAS COSAS BELLAS Y DEL DINERO QUE VALEN.
HE SUFRIDO POR ELLO: MI CASTIGO ES ESTE DESIERTO.

ME ALIMENTO DE CULEBRAS Y ARMADILLOS.
EL SOL HA CURTIDO MI PIEL.

SOY UN PELLEJO QUE ESCARBA LA TIERRA

ASÍ PAGO MI CULPA.
¿QUÉ SUCEDIÓ? ¿TAMBIÉN MI PAPÁ ES CULPABLE?

TENGO QUE AVERIGUAR LA VERDAD:
LA HISTORIA DE MI PAPÁ TAMBIÉN ES LA MÍA.
¡NO INSISTAS EN ESO!
?

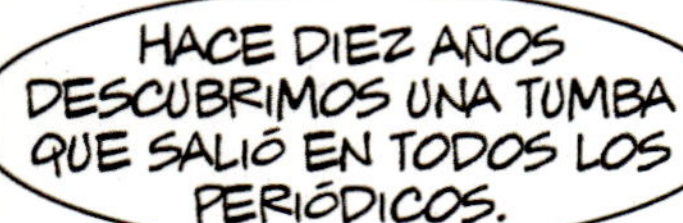
HACE DIEZ AÑOS DESCUBRIMOS UNA TUMBA QUE SALIÓ EN TODOS LOS PERIÓDICOS.

ENCONTRAMOS 64 PIEZAS DE UN TESORO, DE JADE, ORO Y PIEDRAS MAGNÍFICAS.
PERO HUBO UNA, LA MÁS ESPLÉNDIDA DE TODAS, QUE NO FUE CLASIFICADA.

ERA UN REGALO PARA EL REY GARRA DE JAGUAR.

ENCONTRAMOS ESA PIEZA AL FONDO DE LA TUMBA, EN EL SANTUARIO DE GARRA DE JAGUAR.
AHÍ ENTRAMOS DOS ARQUEÓLOGOS: EL DR. BAEZ Y YO.

ÉL MURIÓ AL RESPIRAR EL POLVO DEL CINABRIO CON QUE ESTABA RECUBIERTA LA TUMBA.

YO ME SALVÉ DE MILAGRO.

ENLOQUECÍ CON UNA PIEZA SIN IGUAL, HERMOSA, BRILLANTE.

«EL BRILLO
DEL HOMBRE».
CLASIFIQUÉ 63
PIEZAS Y ME QUEDÉ CON
LA MÁS VALIOSA.
¿QUÉ HIZO
CON ELLA?
LA VENDÍ, A CAMBIO
DE UNA FORTUNA.

SOY MILLONARIO PERO
ME ARREPIENTO DE SERLO.
NO HE USADO EL DINERO.
POR ESO ESTOY
AQUÍ, CASTIGÁNDOME TODOS
LOS DÍAS.

¿A QUIÉN
SE LA VENDIÓ?
¡YA TE HE
DICHO DEMASIADO!
NO ABRAS
EL PASADO.

LO ÚNICO
QUE DEBES SABER ES QUE TU
PADRE ES INOCENTE.
MURIÓ
TRATANDO DE SALVAR
ESA PIEZA.

SÓLO EL DR.
BAEZ Y RODERO CONOCÍAN
ESA PIEZA.
LA VENDIÓ.
¿DÓNDE ESTARÁ?

¡ALGUIEN
SE LLEVÓ NUESTRA
COMIDA!

NO DEBEMOS PERDERLE LA PISTA A GUS Y A SU TÍO.

ELLOS BUSCAN LO MISMO QUE NOSOTROS.

MIENTRAS USTEDES ESTABAN DE VIAJE, FUI A VER EL EXPEDIENTE DE TU PAPÁ.

¿A DÓNDE?
AL MINISTERIO PÚBLICO.

¿MÁS REFRESCO?
GRACIAS.

ENCONTRÉ UN DETALLE CURIOSO:

TU PAPÁ TENÍA LOS TOBILLOS PICADOS POR LOS MOSCOS.
¡¿A VER?!
¡SANTOS MANDRILES!

SON AMPOLLAS PULVISCULARES.
¡EL MOSCO QUE DESCUBRÍ DEJA ESAS MARCAS!
PERO SÓLO VIVE EN CUEVAS HÚMEDAS.

¿TE REFIERES AL FELIPUS SONICUS?
EN EFECTO: ESE MOSCO LLEVA MI NOMBRE.
FELIPUS SONICUS
TIENE COSTUMBRES MUY RARAS.

NUNCA VUELA AL AIRE LIBRE.
ESTOS PIQUETES LUCEN MUY RECIENTES.
TU PAPÁ ACABABA DE SER PICOTEADO.

¿SABEN QUÉ QUIERE DECIR ESO?
FELIPUS SONICUS

TU PAPÁ ESTUVO EN UNA CUEVA POCO ANTES DE MORIR.

NOS HAS AYUDADO MUCHO.
¡CON RAZÓN TE DICEN MÁQUINA!
FELIPUS SONICUS

ES ALGO MEJOR: UN HOMO SAPIENS CON BUENOS ANTEOJOS.

NO QUIERO QUE SIGAN VIAJANDO.

ESTAMOS A PUNTO DE RESOLVER EL ENIGMA.

NO QUIERO VOLVER AL PASADO.
¿POR QUÉ?

¿TEMES QUE TU MARIDO HAYA SIDO UN CRIMINAL?
TAL VEZ.

DANOS UNA OPORTUNIDAD DE DEMOSTRAR QUE ERA INOCENTE. GUS AÚN TIENE UNOS DÍAS DE VACACIONES.

GRACIAS POR AYUDARNOS, CAPITÁN.
ME ENCANTA VOLVER A VOLAR.

TURBOSINA PARA EL AVIÓN...

...TEQUILA PARA MÍ.

GRACIAS POR AVISARME, XIPE TOTEC.

NO PUEDO TOMAR AVIONES. ODIO LAS ALTURAS.

TE PIDO QUE VAYAS A MÁXIMA VELOCIDAD.
ESTE COCHE GANÓ LAS 500 MILLAS DE INDIANÁPOLIS.

TU NOMBRE ES LARGO, ROBERTO BOB BOBY, PERO HACES QUE LAS DISTANCIAS SEAN CORTAS.
GRACIAS, DON VENÚS.

YAXCHILÁN.

AQUÍ ESTÁ EL ITINERARIO DE TU PADRE: DE YAXCHILÁN TENÍA QUE IR A MÉRIDA.
SEGURAMENTE SU AVIÓN SE ESTROPEÓ, TRATÓ DE HACER UN ATERRIZAJE DE EMERGENCIA...

...Y MURIÓ, MUY CERCA DE AQUÍ.

TODAVÍA HAY RESTOS DEL AVIÓN.
DEBEMOS BUSCAR LO QUE NADIE HA BUSCADO EN DIEZ AÑOS: EL RASTRO DE UN MOSCO.
ÍCARO

YA ME PICÓ UNO.

ES UN MOSQUITO VULGARIS. NECESITAMOS ENCONTRAR AL FELIPUS SÓNICUS.
¿HABRÁ UNA CUEVA POR AQUÍ?

EL REY DE YAXCHILÁN RECIBIÓ UN REGALO SUNTUOSO.

ESA PIEZA MARAVILLOSA ESTUVO A PUNTO DE SER MÍA. AHORA SÍ LA VOY A TENER.

¡CUÁNTA VERDURA!

EL CAPITÁN GÁRATE PREFIRIÓ DORMIR EN SU AVIÓN.
ME IMPRESIONA MUCHO ESTAR AQUÍ, EN EL LUGAR DONDE MURIÓ MI PADRE.
NO TE PREOCUPES: YO TE PROTEGERÉ.
ÍCARO

BERNABÉ ES BUENO COMO EL PAN.

EL CAFÉ ES EL ORIGEN DE LA VIDA.
ÍCARO
¡AAAYYY, NANITAAA!
¿QUÉ FUE ESO?

¡SÁQUENME DE AQUÍ!

ERES UN GENIO BERNABÉ: DESCUBRISTE LA ENTRADA A UNA CUEVA.

ALLÁ ABAJO CORRE UN RÍO SUBTERRÁNEO. UN SITIO PERFECTO PARA EL MOSCO FELIPUS SÓNICUS.
¿CREES QUE MI PAPÁ ESTUVO AHÍ?

ES UN SITIO PERFECTO PARA OCULTAR ALGO.

¿QUÉ QUERÍA ESCONDER TU PAPÁ?

¡¡¡LA PIEZA 64!!!

EL REPTIL RODERO SE QUEDÓ CON UNA PIEZA Y LUEGO LA VENDIÓ.
TODOS ENLOQUECIERON CON ESA MARAVILLA: "EL BRILLO DEL HOMBRE".

¡TENEMOS QUE IR ABAJO!
¿PERO CÓMO?

¡TECNOLOGÍA AZTECA!

EXCELENTE IDEA: CADA VEZ EVOLUCIONAS MÁS.

¿ESTÁS SEGURO DE HACERLO?
SI MI PADRE LO HIZO, YO PUEDO.

BUENA SEÑAL, ME GUSTA TU COMPAÑÍA FELIPUS SÓNICUS.

ESPERO QUE LO LOGREMOS, POR DARWIN.
¿DARWIN FUE SU ABUELO?

ES EL ABUELO DE TODA LA HUMANIDAD.
¡ENTONCES SOMOS PARIENTES!

DARWIN ES EL CIENTÍFICO QUE DESCUBRIÓ QUE LOS HOMBRES VENIMOS DEL MONO.
NUESTRO PRIMER ANTEPASADO FUE UN SIMIO.
¡LO IMPORTANTE ES QUE SOMOS PARIENTES!

«EL BRILLO DEL HOMBRE».

TENEMOS COMPAÑÍA.

TENEMOS COMPAÑÍA.
ÍCARO

BUEN TRABAJO, XIPE.
ESTOY ACOSTUMBRADO A EMPACAR PIEZAS DE ARQUEOLOGÍA.

ME LLEVO ESTE TAMBO PARA NO DETENERME EN OTRA GASOLINERA.

ES MARAVILLOSA.
PARECE DE PLÁSTICO.

¿CÓMO CREES? ES DE CRISTAL DE ROCA. DEBE TENER 600 AÑOS DE ANTIGÜEDAD.

TU PADRE LA PUSO A SALVO: FUE UN HÉROE.

CAPITÁN, TENEMOS LA PIEZA.

...TENEMOS LA PIEZA.
PRONTO SERÁ NUESTRA.

NOS VOLVEMOS A ENCONTRAR.

¿CÓMO SUPO QUE ESTÁBAMOS AQUÍ?

NO ME REFIERO A TI, MOCOSO, SINO A LA CALAVERA.

ES MÍA PERO ME LA QUITÓ TU PADRE.

SE LA COMPRÉ AL REPTIL POR UNA FORTUNA. ¡ME PERTENECE!
ESO NO ES LEGAL.
LO ÚNICO LEGAL ES EL DINERO, YA ES HORA DE QUE LO APRENDAS.

¿QUÉ SUCEDIÓ CON LA CALAVERA?

TIENEN DERECHO A SABERLO, AHORA QUE VOLVERÁ A SER MÍA.

EL CAPITÁN RODRÍGUEZ PLATA NOS AYUDÓ A DESCUBRIR LA TUMBA. LA LOCALIZÓ DESDE EL AIRE Y SUPO QUE SE TRATABA DE ALGO ESPECIAL. 63 PIEZAS SUBIERON A BORDO PARA IR AL MUSEO.

YO ME QUEDÉ AQUÍ PARA COMPRAR LA PIEZA 64, LE PAGUÉ UNA FORTUNA A RODERO.

TU PADRE REGRESÓ POR MÍ.

HACÍA MUY MAL TIEMPO.

SÓLO UN GRAN PILOTO PODÍA MANIOBRAR EN ESA TORMENTA.

CON LA SACUDIDA...

...RODÓ LA CALAVERA.

TU PADRE QUISO QUITÁRMELA.

¡ESA RATA DEL AIRE ME ROBÓ MI CALAVERA!

NO ES CIERTO: LA ESCONDIÓ PARA SALVARLA.

PAGUÉ EL EQUIVALENTE A 139 MILLONES DE CACAHUATES.
ES LA ÚNICA PIEZA QUE FALTA EN MI COLECCIÓN.
NO PUEDO VIVIR SIN ELLA. LLEVO DIEZ AÑOS ESPERÁNDOLA.

¿Y QUÉ MÁS SUCEDIÓ? NECESITAMOS SABER TODA LA HISTORIA.

NO PODEMOS SEGUIR EN ESTA TORMENTA.
¡ATERRIZA DE UNA VEZ!

¡SMACK!

?

TU PADRE SE FUE CON LA CALAVERA: ME TRAICIONÓ.
DESDE ENTONCES ODIO LAS ALTURAS.
ME RECUERDAN LO QUE TU PADRE ME QUITÓ.

ÉL QUISO VOLVER AQUÍ PERO EL CIELO LO CASTIGÓ.
ÍCARO
¡POR LADRÓN!

NO ES CIERTO: ¡SALVÓ LA CALAVERA!

¡BROM!

MI PADRE DIO SU VIDA POR ESTA PIEZA. ¡NO SE LA VOY A ENTREGAR!
¡YO TAMBIÉN DARÉ MI PIEZA POR ESTA VIDA! NO: ¡AL REVÉS!

ME GUSTA EMPACAR PIEZAS DE ARQUEOLOGÍA.

ROBERTO BOB BOBY ES CAMPEÓN REGIONAL DE TIRO.

SI FALLA, LE PUEDE DAR A LA CALAVERA.

ESO NO PUEDE SUCEDER. ES LA ÚNICA PIEZA QUE NO LE DEJARÉ ROMPER A LA DULCE CIRCE.

¡POR AHÍ!

¡BANG!

¡BANG!

¡POR AHÍ NO!

VENUS LE TIENE MIEDO A LAS ALTURAS.

SI TANTO QUIERES LA CALAVERA, VEN POR ELLA.

DEBO LOGRARLO... ESA PIEZA ES BELLÍSIMA... LA NECESITO...
SOY CAPAZ DE MATAR POR ELLA...

VENGO A DESHACER NUESTRO TRATO.

HACE DIEZ AÑOS ME PAGASTE UNA FORTUNA PARA QUEDARTE CON LA CALAVERA.
ACEPTÉ EN UN MOMENTO DE DEBILIDAD.
PERO NO USÉ EL DINERO.

ESTO ES TUYO.

TE DEVUELVO TU DINERO.

DINERO EN EL AIRE, ESO ME DA MÁS ACROFOBIA.

¡EL DINERO ES LO MÁXIMO!
CON ESTOS BILLETES PAGUÉ LA CALAVERA. ¡TODO ESTO ES MÍO! ¡MÍO!

¡LA CALAVERA ES MÍA!
¡LA SELVA ES MÍA!

¡EL PUENTE ES MÍO!
HE COMPRADO EL MUNDO.

¡TODOS LOS BILLETES SON MÍOS!

ME SIENTO LIBERADO.
LA CALAVERA ERA UN REGALO DE PAZ Y OCASIONÓ DEMASIADOS PROBLEMAS.
VENUS PARECÍA TAN BUENA ONDA.

ES LA CODICIA DE LOS HOMBRES.

¿DÓNDE APRENDISTE ESA PALABRA?
LA DIJO TU AMIGO MÁQUINA.

¿CODICIA VIENE DE CODOS?

TU MOSCO TE MANDÓ ESTE MENSAJE, TÍO.

HASTA QUE TOCASTE
A MI PUERTA, LOS MOSCOS Y BERNABÉ
ERAN MI ÚNICA FAMILIA.

LA
LLEVAREMOS
AL MUSEO.

LOS ENTREGARÉ
A LA JUSTICIA.

Y ADOPTARÉ AL
PERRO: NECESITO COMPAÑÍA
EN EL DESIERTO.

TU PADRE
ESTARÍA ORGULLOSO
DE TI, GUS.
YO ESTOY
ORGULLOSO
DE ÉL.

EN EL AVIÓN DIRÁS
LAS PALABRAS CON LAS QUE ÉL
SE DESPEDÍA DE MÍ.

CAMBIO Y FUERA, CAPITÁN.